Azafrán,
el hada
amarilla

A las hadas que
habitan en mi jardín

Un agradecimiento especial
a Sue Bentley

Originally published in English as *Rainbow Magic:
Sunny the Yellow Fairy*

Translated by María Cristina Chang

ISBN-13: 978-0-545-15405-5
ISBN-10: 0-545-15405-7

12 11 10 9 8 7 6 5   12 13 14/0

Printed in the U.S.A.   40

First Spanish printing, October 2009

Azafrán,
el hada amarilla

por Daisy Meadows
ilustrado por Georgie Ripper

SCHOLASTIC INC.

New York Toronto London Auckland Sydney
Mexico City New Delhi Hong Kong Buenos Aires

Que sople el viento, que haya hielo.
Creo una tormenta y no tengo miedo.
A las hadas del arco iris las he mandado
a las siete esquinas del mundo humano.

Miro el reino y yo solo me río
porque está gris y siempre habrá frío.
En todas sus esquinas y rincones,
el hielo quemará los corazones.

Rubí y Ámbar han sido rescatadas.
Ahora, es el momento de buscar a
Azafrán, el hada amarilla

Contenido

Una abeja furiosa   1

La colmena mágica   17

Mis amigas las abejas   27

Un hada olvidadiza   35

¡Bien hecho, Reinita!   47

La magia de las hadas   57

Una abeja furiosa

—¡Aquí, Cristina! —dijo Raquel Walker.

Cristina corrió a través de uno de los campos color esmeralda que abundaban en esta zona de la isla Lluvia Mágica. Una inmensidad de flores diminutas adornaba la hierba.

—No te alejes mucho —gritó la mamá de Cristina.

Los padres de Cristina intentaban pasar por encima de una cerca que rodeaba el campo.

Cristina llegó hasta donde estaba su amiga.

—¿Qué encontraste, Raquel? ¿Otra hada del arco iris? —preguntó esperanzada.

—No lo sé —dijo Raquel, que estaba parada en la orilla de un riachuelo—. Me pareció escuchar algo.

La cara de Cristina se iluminó.

—¿Un hada en el riachuelo?

Raquel asintió. Se arrodilló en la hierba suave y acercó la cabeza al agua.

Cristina también se agachó y prestó atención.

El sol resplandecía en el agua que caía y chocaba contra miles de piedritas brillantes. Sobre la superficie del riachuelo se formaban pequeños arco iris que relucían sus hermosos colores: rojo, anaranjado, amarillo, verde, azul, índigo y violeta.

En ese momento, las chicas escucharon
una vocecita burbujeante.

—Síganme... —dijo la voz—. Síganme...

—¿Qué? —dijo Raquel emocionada—.
¿Escuchaste eso?

—Sí —dijo Cristina con los ojos bien
abiertos—. Debe ser un riachuelo
mágico.

Raquel sintió que el corazón le latía
apresuradamente.

—Quizás el riachuelo nos lleve hacia el hada amarilla —dijo.

Raquel y Cristina guardaban un gran secreto. Les habían prometido al Rey y a la Reina del Reino de las Hadas que encontrarían a las hadas del arco iris. Jack Escarcha las había hechizado y enviado a la isla Lluvia Mágica. Mientras no aparecieran y regresaran al Reino de las Hadas, este seguiría siendo un lugar frío y gris.

Algunos pececitos plateados nadaban entre las algas verdes que había en el fondo del riachuelo.

—Sígannos... —susurraron con sus voces burbujeantes—. Sígannos...

Raquel y Cristina se miraron asombradas. Titania, la reina del Reino de las Hadas, les había dicho a las chicas que la magia las guiaría hacia las hadas.

Los padres de Cristina se acercaron a las chicas y se detuvieron a admirar el riachuelo.

—¿Por dónde vamos ahora? —preguntó el Sr. Tate—. Ustedes dos parecen conocer el camino.

—Por aquí —dijo Cristina señalando la orilla del río.

Un azulejo voló desde la rama de un árbol. Las mariposas brillantes como las joyas revoloteaban entre las espadañas.

—Todo es tan hermoso en Lluvia Mágica —dijo la mamá de Cristina—. Me alegra saber que aún nos quedan cinco días de vacaciones.

"Sí —pensó Raquel—. Cinco días para encontrar cinco hadas del arco iris: Azafrán, Hiedra, Celeste, Tinta y Violeta".

Rubí y Ámbar estaban a salvo dentro de la olla al final del arco iris, gracias a Raquel y Cristina.

Las chicas se les adelantaron al Sr. y a la Sra. Tate. Mientras seguían el riachuelo burbujeante, el sol se escondió detrás de una gran nube gris.

Una brisa helada despeinó el cabello de Cristina. La chica notó cómo las hojas cambiaban de color a pesar de que el otoño no había llegado todavía. Un clima tan extraño como ese sólo podía indicar una cosa.

—Parece que los duendes de Jack Escarcha están por aquí —dijo Raquel.

Cada vez que los duendes estaban cerca, el frío se sentía en los alrededores.

Raquel sintió un escalofrío.

—¡Qué criaturas tan horribles! Harán todo lo posible para evitar que las hadas del arco iris regresen al Reino de las Hadas.

Las chicas miraron ansiosas hacia el cielo. En ese momento, el sol volvió a salir y empezó a calentar nuevamente. Raquel y Cristina sonrieron aliviadas y continuaron su camino.

El riachuelo atravesaba un terreno cubierto de tréboles verdes. Un rebaño de vacas con manchas blancas y negras pastaba a la orilla del agua. Las vacas levantaron la cabeza y miraron con sus grandes ojos marrones.

—¿No son encantadoras? —preguntó Cristina.

De repente, las vacas sacudieron sus cabezas y salieron corriendo hacia el otro extremo de la pradera.

Cristina y Raquel se miraron sorprendidas. ¿Qué estaba pasando? En ese momento, escucharon un fuerte zumbido.

Algo pequeño pasó zumbando por el aire y se dirigió ¡directamente a ellas! Raquel trató de esquivarla.

—¡Es una abeja! —gritó sobresaltada.

—¡Corre! —gritó Cristina—. Las vacas sabían lo que venía.

Las chicas corrieron de prisa hacia la pradera. Sus pisadas resonaban en la hierba.

—Sigan corriendo —dijo el Sr. Tate mientras intentaba alcanzarlas—. Parece que la abeja nos está persiguiendo.

Raquel se volteó para echar un vistazo. Nunca había visto una abeja tan grande.

—¡Aquí! ¡Apúrense! —les dijo la Sra. Tate desde el otro lado de la pradera abriendo una verja de madera.

Todos pasaron a través de la verja y luego se pararon para tomar aire. Por suerte, no volverían a ver la abeja.

—Me pregunto quién vivirá aquí —dijo
Cristina.

Estaban parados en un hermoso jardín.
Había un caminito hacia una cabaña que
tenía una puerta adornada con flores
amarillas.

Justo en ese momento, una criatura
extraña apareció entre los árboles. ¡Parecía
un extraterrestre!

—¡Ay! —gritaron Raquel y Cristina
asustadas.

La extraña criatura
levantó las manos y
se quitó el sombrero
extrañísimo que
llevaba en la cabeza.
¡Era una señora con
una dulce sonrisa!

—Discúlpenme si
los asusté —dijo—.
Sé que me veo un
poco extraña con mi traje de
apicultor.

Raquel suspiró aliviada. No se trataba de un extraterrestre.

—Soy la Srta. Alegre —dijo la señora.

—Hola, soy Raquel —dijo una de las chicas—. Esta es mi amiga Cristina.

—Y estos son mis padres —añadió Cristina.

El Sr. y la Sra. Tate saludaron a la Srta. Alegre.

Luego, el Sr. Tate se agachó para esquivar la gran abeja que zumbaba cerca de sus oídos.

—¡Cuidado! —dijo—. ¡La abeja ha regresado!

—Otra vez esa abeja reina sin colmena —dijo la Srta. Alegre y

empezó a espantarla con las manos.

—¡Fuera de aquí, *shu, shu*!

Raquel vio cómo la abeja volaba sobre un seto y luego desaparecía.

—Esa abeja nos persiguió hasta aquí, pero ¿por qué? —preguntó Cristina.

—No creo que los estuviera persiguiendo, querida —dijo la Srta. Alegre—. Esa abeja ha estado volando por estos lados en busca de una colmena donde reinar. Pero todas mis colmenas ya tienen reinas.

—Bueno, menos mal que ya se fue —dijo la Sra. Tate.

—Ya que están aquí, ¿les gustaría probar un poco de mi miel? —preguntó la Srta. Alegre. Sus ojos azules brillaban de felicidad.

—Claro que sí —dijo Raquel.

Los demás asintieron y siguieron a la Srta. Alegre hasta una mesa llena de frascos.

Cada frasco contenía miel. Los rayos del sol bailaban sobre ellos y la miel brillaba en todo su esplendor.

—Aquí tienen —dijo la Srta. Alegre sirviendo una cucharada de miel en un hermoso plato amarillo.

—Gracias —dijo Raquel educadamente.

La chica tomó un poco de miel con el dedo y se lo llevó a la boca. Nunca había probado una miel tan deliciosa.

Luego, sintió un cosquilleo en la lengua y miró a Cristina sorprendida.

—La miel me hace cosquillas en la lengua —dijo.

Cristina también tomó un poco de miel con su dedo.

—¡Mira! —dijo.

Raquel vio cómo la miel brillaba con miles de destellos dorados.

De repente, agarró el brazo de Cristina.

—¿Crees que…?

—¡Sí! —respondió Cristina con los ojos brillantes—. ¡Un hada del arco iris debe estar cerca!

La colmena mágica

—Tenemos que descubrir de dónde proviene esta miel —dijo Raquel emocionada.

—Sí —dijo Cristina—. Mamá, ¿podemos quedarnos un ratito más?

—Siempre y cuando a la Srta. Alegre no le moleste —respondió la Sra. Tate.

—Claro que se pueden quedar —dijo la Srta. Alegre con una sonrisa.

El Sr. y la Sra. Tate decidieron seguir su paseo.

—Asegúrate de regresar a la cabaña El delfín a la hora del almuerzo y tengan mucho cuidado —dijo la mamá de Cristina.

—Sí, mamá —respondió Cristina.

—Vengan por aquí, chicas—. La Srta. Alegre empezó a caminar a través de la hierba suave y verde.

Raquel y Cristina la siguieron hasta llegar a unos manzanos. Debajo de ellos se encontraban seis colmenas dentro de unos cajones de madera.

Cristina se quedó observándolos por un momento.

—¿De cuál colmena es la miel que acabamos de probar? —preguntó.

La Srta. Alegre se sintió complacida con la pregunta.

—¿Les gustó? La miel de esa colmena sabe especialmente deliciosa en este momento.

Raquel y Cristina sonrieron.

—Creo que sabemos por qué —le susurró Raquel a Cristina.

—Sí —dijo Cristina—. Podría ser gracias a una de las hadas del arco iris.

—Es aquella —dijo la Srta. Alegre muy orgullosa, señalando hacia el final del patio.

Una sola colmena se encontraba debajo del manzano más alto. Mientras caminaban hacia ella, las chicas podían escuchar un suave zumbido.

—Las abejas de esta colmena están muy tranquilas en estos días —dijo la Srta. Alegre—. Nunca las había visto tan felices.

—¿Nos podemos acercar un poquito más? —preguntó Raquel entusiasmada. Tenía muchas ganas de descubrir si la colmena escondía un secreto mágico.

La Srta. Alegre pensó por un momento.

—Creo que no hay peligro porque las abejas están tranquilas —dijo—. Pero deben ponerse un sombrero como el mío.

La Srta. Alegre fue hasta una cabaña cercana y regresó con dos sombreros de apicultor.

—Aquí tienen —dijo la Srta. Alegre.

Raquel y Cristina se pusieron los
sombreros. A pesar de que todo se veía un
poco oscuro, a las chicas no les molestaban
para nada los sombreros.

Se acercaron más a la colmena. El suave
zumbido parecía más bien música.

—Tenemos que abrirla para ver qué hay
adentro —le susurró Cristina a Raquel.

Raquel asintió.

Pero las chicas no podían buscar al hada amarilla mientras la Srta. Alegre estuviera presente. Rubí les había advertido que los adultos no debían ver a las hadas.

De repente, a Cristina se le ocurrió una idea.

—Srta. Alegre, ¿me podría dar un vaso con agua, por favor? —preguntó.

—Claro que sí, querida. Ya regreso —dijo la Srta. Alegre y se dirigió a la cabaña.

Las chicas esperaron hasta que la Srta. Alegre estuvo dentro de la cabaña.

—¡De prisa! —dijo Cristina volteándose rápidamente—. Abramos el cajón.

Raquel agarró un lado de la tapa y Cristina el otro. Hicieron fuerza y la tapa se aflojó. Algunos hilos de miel dorados caían de la tapa.

—Cuidado. Está muy pegajosa —dijo Raquel.

Las chicas se agacharon y colocaron la tapa de madera en el suelo. Cristina se limpió los dedos con la hierba.

—¡Mira! —dijo Raquel al pararse.

Cristina se paró y gritó de júbilo.

Una lluvia de polvillo dorado salió de la colmena formando una nube resplandeciente que bailaba bajo los rayos del sol. ¡Polvo de hadas!

Raquel se asomó dentro de la colmena. Una niña pequeñísima estaba sentada con las piernas cruzadas en una de las celdas de la colmena, rodeada por un mar de miel.

Una abeja tenía la cabeza recostada en las piernas de la niñita mientras esta le peinaba el sedoso cabello. Otras abejas esperaban su turno zumbando suavemente.

—¡Ay, Cristina! —susurró Raquel—.
¡Hemos encontrado a otra hada del arco
iris!

Mis amigas las abejas

Raquel y Cristina se quitaron los sombreros y miraron emocionadas dentro de la colmena.

El hada tenía el cabello amarillo como el oro. Llevaba un collar de lágrimas doradas y muchas pulseras brillantes. Su camiseta y sus pantalones cortos eran del color de los girasoles.

Sus delicadas alas destellaban miles de colores resplandecientes.

—Gracias por buscarme —dijo el hada con voz tintineante—. Soy Azafrán, el hada amarilla.

—Yo soy Raquel.

—Y yo, Cristina. Ya conocemos a dos de tus hermanas, Rubí y Ámbar.

Azafrán sonreía de oreja a oreja.

—¿Encontraron a Rubí y a Ámbar? —preguntó mientras se paraba y apartaba a la abeja con delicadeza.

—Sí. Están a salvo en una olla al final del arco iris —dijo Raquel.

El hada aplaudía de felicidad.

—Tengo muchísimas ganas de verlas otra vez —dijo y, de pronto, su rostro pareció angustiarse—. ¿Han visto a algunos de los duendes de Jack Escarcha por aquí cerca? —preguntó.

—No, no hemos visto a ninguno por aquí —dijo Cristina—. Pero ayer vimos a dos cerca de la olla.

—Nos escondimos detrás de unos matorrales hasta que se fueron —explicó Raquel.

—Los duendes son aterradores —dijo Azafrán con voz temblorosa—. He estado

a salvo de ellos escondiéndome en la colmena con mis amigas las abejas.

Raquel sintió pena por Azafrán.

—Todo estará bien. El rey Oberón envió a uno de sus mayordomos para que cuidara de ti y de tus hermanas.

El hada recuperó un poco el ánimo.

—He estado muy preocupada por mis hermanas. La magia de Jack Escarcha es muy fuerte.

—Pero no durará mucho tiempo —dijo Cristina—. Nosotras encontraremos a Hiedra, Celeste, Tinta y Violeta, ¿verdad, Raquel?

—Sí, te lo prometemos —dijo Raquel.

—¡Muchas gracias! —dijo Azafrán y empezó a frotar sus alas resplandecientes.

El polvillo de hada se elevó en el aire y empezó a caer lentamente alrededor de Raquel y Cristina. Dondequiera que caía, aparecían hermosas mariposas amarillas de alitas diminutas.

Una abeja grande salió lentamente de una de las celdas del panal.

—Esta es mi nueva amiga, Reinita —dijo Azafrán abrazando y besando la cabeza peludita de la abeja.

Reinita zumbó suavemente.

—Las está saludando —dijo Azafrán.

—Hola, Reinita —dijeron Cristina y Raquel.

Azafrán tomó un peinecito y empezó a peinar el brillante pelo de Reinita. Otra de las abejas zumbaba molesta.

—No te preocupes, Pétalo. Tú serás la próxima —dijo Azafrán.

Raquel y Cristina se miraron preocupadas.

—¿Y si Azafrán decide quedarse con Reinita y las otras abejas? —susurró Cristina.

—Azafrán, tienes que venir con nosotras
—dijo de repente Raquel—. O nunca
volverán los colores al Reino de las Hadas.
Las sietes hadas del arco iris deben estar
juntas para poder deshacer el hechizo de
Jack Escarcha.

Un hada olvidadiza

—Sí, tienes razón. Tenemos que deshacer el hechizo de Jack Escarcha —dijo Azafrán.

El hada se puso de pie y agarró su varita.

De repente, un viento helado envolvió el lugar. Una escarcha fina cubrió la hierba, que comenzó a crujir bajo los pies de Cristina. Raquel empezó a temblar cuando algo frío rozó su mejilla.

—¿Está nevando en verano? ¿Qué es lo que sucede? —preguntó la chica.

—Los duendes de Jack Escarcha deben estar cerca —dijo Cristina preocupada.

Los dientes de Azafrán castañeaban del frío.

—¡Ay, no! Si me encuentran, harán todo lo posible para evitar que regrese al Reino de las Hadas.

Cristina miró preocupada a Raquel.

—¡Rápido! Tenemos que
irnos—. Raquel se inclinó
para sacar al hada de la
colmena.

El cabello dorado
de Azafrán goteaba
miel.

—¡Estás muy
pegajosa! —dijo Raquel.

En ese momento, la chica vio que
la Srta. Alegre regresaba de la
cabaña.

—Se me olvidó que le había pedido algo
de tomar —dijo Cristina—. ¿Qué haremos
con Azafrán?

Raquel pensó por un momento y luego
colocó al hada dentro de su bolsillo.

Azafrán gritó asustada.

—¡Esto está muy oscuro! —se quejó.

—Disculpa —susurró Raquel—. Te
prometo que te sacaré en unos minutos.

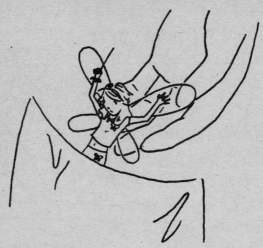

De repente, Cristina recordó el cajón abierto.

—Debemos colocarle la tapa antes de que la Srta. Alegre lo vea —dijo.

Se agachó y sujetó la tapa. Raquel la ayudó a levantarla del suelo y entre ambas la colocaron en su lugar justo al llegar la Srta. Alegre.

—Aquí está el agua, querida —dijo la Srta. Alegre mientras le pasaba el vaso a Cristina.

Se había quitado el traje de apicultor y llevaba en la mano una canasta para ir de compras.

—Muchas gracias —dijo Cristina.

—Chicas, se pueden quedar el tiempo que quieran —dijo la Srta. Alegre—. Tengo que ir a comprar pescado para mi gato. Es la hora de su almuerzo.

Raquel esperó a que la Srta. Alegre se fuera. Luego, deslizó la mano dentro de su bolsillo.

—Ya puedes salir —le dijo a Azafrán mientras la sacaba del bolsillo.

El hada estaba cubierta de pelusa gris del bolsillo de Raquel.

—¡Aayyy!—. Azafrán estornudó y se quitó la pelusa que tenía pegada en sus alas.

—Estoy cubierta de pelusa —se lamentó—. No podré volar.

—Podemos limpiarte —dijo Raquel—. Pero debemos apurarnos para que los duendes no nos encuentren.

Cristina miró a su alrededor y señaló una fuente para pájaros llena de agua cristalina.

—Por allá —dijo Cristina.

—Justo lo que necesitábamos —dijo Raquel llevando a Azafrán hacia la fuente.

Azafrán se paró en el borde de la fuente, colocó su varita a un lado y se lanzó al agua.

¡*Plas!* El agua empezó a burbujear y su color cambió a un amarillo intenso. Un aroma a limón se esparció en el aire.

Azafrán dio dos vueltas a la fuente nadando y, en unos instantes, estuvo limpiecita. Luego, salió de la fuente volando y esperó a que el aire la secara. Mientras volaba, dejaba a su paso un rastro de polvillo amarillo.

—Ahora me siento mejor —dijo.

Se mantuvo flotando en el aire, en frente de Cristina, mientras sus alas brillaban como el oro bajo el sol. Luego, voló hacia el hombro de Raquel.

—Vamos a la olla que está al final del arco iris. ¡Tengo muchísimas ganas de ver a mis hermanas!

Raquel asintió con la cabeza. Quería abandonar el jardín antes de que los duendes llegaran.

—Adiós, Reinita —dijo Azafrán despidiéndose con la mano—. Vendré a visitarte tan pronto como pueda.

Reinita se asomó. Parecía un poco triste porque Azafrán se marchaba. Sus antenas se doblaron hacia abajo mientras se despedía y zumbaba un adiós.

Azafrán se sentó con las piernas cruzadas sobre el hombro de Raquel mientras las chicas se dirigían hacia el bosque. De repente, el hada lanzó un grito y empezó a volar desesperada.

—¡Ay, no! —gritó—. Dejé la varita en la fuente para pájaros.

Raquel miró preocupada a Cristina.

—Tenemos que regresar por ella —dijo Raquel.

—Sí —dijo Cristina—. Debemos evitar que los duendes encuentren la varita mágica.

—Ay, no... —repetía Azafrán una y otra vez mientras volaba nerviosa de un lado a otro—. Ay, no...

Raquel se paró por un momento en la verja de la cabaña de la Srta. Alegre y

miró hacia el jardín. Al parecer, no había rastro de los duendes.

Cristina y Raquel corrieron a través de los manzanos hacia la fuente. Azafrán volaba justo encima de ellas.

De repente, una ráfaga de viento helado las hizo temblar. Miraron a su alrededor preocupadas. Algunos carámbanos de hielo colgaban de los manzanos y la hierba estaba cubierta de escarcha. Los duendes se encontraban en el hermoso jardín y habían traído consigo el invierno.

Azafrán gritó horrorizada.

Un horrible duende con nariz de gancho saltó encima del panal de Reinita. Sus ojotes saltones brillaban. En una de sus manos llevaba la varita de Azafrán.

¡Bien hecho Reinita!

—¡Devuélveme mi varita! —le
exigió Azafrán al duende.

—Ven y quítamela —le
gritó el duende
abandonando el panal y
corriendo hacia la verja.

Cristina gritó cuando otro duende
saltó desde un manzano.

¡*Crac!* El duende aterrizó en la hierba congelada y empezó a correr.

—¡Agárrala! —dijo el duende cuando le lanzaba la varita a su amigo.

La varita voló por el aire, lanzando polvillo amarillo a su alrededor.

El otro duende saltó y la agarró.

—¡Ja, ja! La tengo.

—¡Ay, no! —gritó Azafrán.

En ese momento, Reinita salió volando del panal emitiendo un fuerte zumbido. Las otras abejas volaban detrás de ella, formando una nube ruidosa.

Raquel observaba todo llena de asombro.

Encabezada por Reinita, las otras abejas se habían organizado y volaban hacia los duendes.

—¡Ten cuidado, Reinita! —gritó Azafrán.

—Fuera de aquí —dijo el duende agitando la varita hacia Reinita.

Más polvillo amarillo salió de la varita. Un poco de polvo de hada aterrizó en una de las alas de Reinita. Esta se tambaleó en el aire, pero luego zumbó de rabia y voló hacia el duende para atacarlo.

—¡Auxilio!—. El duende se agachó para esquivarla y soltó la varita.

—¡Tonto! —dijo

buzzzzzz

refunfuñando el otro duende mientras recogía la varita y seguía corriendo.

—¡Se están alejando! —dijo Cristina.

Reinita y sus abejas se alzaron en el aire nuevamente.

—¡No podrán huir!
—gritó Raquel.

Las abejas volaron a
través de la pradera y los
duendes desaparecieron
en una nube de abejas
molestas.

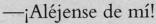

—¡Aléjense de mí!
—gritaba uno de los duendes mientras
sacudía a las abejas con la varita mágica.

Mientras trataba de espantarlas, tropezó y
se cayó tumbando también al otro duende.

Ambos cayeron dando volteretas y la
varita quedó en la
hierba.

—¡Fue tu culpa!
—dijo uno de los
duendes.

—¡No, no lo
fue! —respon-
dió el otro
molesto.

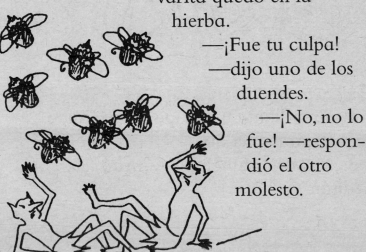

Reinita voló y recogió la varita con una de sus patitas negras, se la entregó a Azafrán, que estaba posada en la mano de Raquel, y con un suave zumbido aterrizó al lado de su amiga.

El hada agarró la varita y la sacudió cuidadosamente en el aire. Una nube de

polvillo brillante y maripositas volando aparecieron en el aire.

—¡Mi varita funciona! —gritó feliz Azafrán.

—Miren, los duendes se marchan —dijo Cristina.

El resto de las abejas perseguía a los malvados duendes, que no dejaban de pelear entre ellos, hasta el final del jardín.

A medida que sus voces se desvanecían, el viento helado desaparecía. El sol comenzó a brillar cálidamente y la escarcha se derritió. Las abejas regresaron muy contentas zumbando suavemente alrededor de Raquel y Cristina.

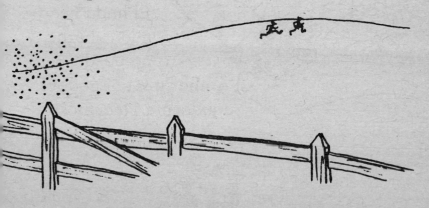

—¡Gracias, Reinita!—. Los ojos de Azafrán brillaron al abrazar a su amiga.

De repente, Reinita se tambaleó y cayó de costado.

Raquel dobló un poco las manos para evitar que Reinita rodara y se cayera.

—Creo que está herida —dijo Raquel.

Azafrán se arrodilló y observó a Reinita de cerca.

—¡Ay, no! Una de sus alas está rota —gritó.

—Seguro sucedió cuando peleaba contra los duendes —dijo Raquel.

—¿Puedes curar a Reinita con tu magia? —le preguntó Cristina a Azafrán.

El hada negó con la cabeza.

—Yo no puedo, pero Ámbar y Rubí podrían ayudarme. Debemos

llevarla inmediatamente a la olla al final
del arco iris. Allí podríamos curarla
tranquilamente y cuidarla hasta que se
recupere.

La magia de las hadas

Raquel y Cristina corrieron a través de la pradera hacia el bosque. Raquel llevaba cuidadosamente a Reinita en sus manos y Azafrán volaba detrás de ellas, con sus alas coloridas resplandeciendo bajo el sol.

—Aquí está el sauce donde escondimos la olla —dijo Cristina.

Las chicas se abrieron paso entre las ramas, que colgaban tocando el suelo. La

olla estaba volteada hacia un lado. Una
gran rana verde saltó de la olla.

—¡Beltrán! —Azafrán voló hacia él y lo
abrazó—. Estoy feliz de verte.

Beltrán hizo una reverencia con la
cabeza.

—Es un placer, Srta. Azafrán —dijo—. La Srta. Rubí y la Srta. Ámbar se alegrarán mucho de verla.

De repente, una lluvia de polvillo rojo y anaranjado salió de la olla y aparecieron Rubí y Ámbar.

—¡Azafrán! —gritó Rubí.

—¡Eres tú! ¡Qué bueno verte otra vez! —dijo Ámbar muy feliz.

Raquel y Cristina sonreían al ver cómo las hadas se abrazaban y besaban.

El aire estaba lleno de flores rojas, burbujas anaranjadas y mariposas amarillas. Rubí voló hacia el hombro de Cristina.

—Gracias, Raquel y Cristina —dijo—. Ahora somos

tres hadas fuera de peligro. —Luego, vio a
Reinita tendida en la mano de Raquel—.
¿Quién es? —preguntó.

—Es mi amiga Reinita —explicó
Azafrán—. Me ayudó a recuperar mi
varita después de que los duendes me la
robaran.

—¿Duendes? —dijo Rubí nerviosa y voló hacia la mano de Raquel para acariciar la cabeza de la abeja—. Fuiste muy valiente al pelear contra ellos, Reinita.

—Uno de los duendes utilizó mi varita para hacerle daño al ala de Reinita. ¿Pueden ayudarla? —preguntó Azafrán a sus hermanas.

Ámbar se quedó pensativa.

—Podría arreglar el ala si tuviera una aguja y un hilo mágico —dijo tristemente—. Pero no tengo nada de eso en la olla.

Entonces, Raquel se acordó de algo.

—Cristina, ¿y si buscamos en la bolsa mágica que nos dio la Reina?

—Sí —dijo Cristina.

La chica metió la mano en su bolsillo y sacó la bolsa mágica, que brillaba con una tenue luz gris. Cuando la abrió, una nube de polvillo resplandeciente se esparció en el aire.

Cristina empezó a buscar dentro de la bolsa.

—Creo que encontré algo —dijo.

Sacó una agujita brillante con un hilo de seda fina y se lo entregó a Ámbar.

—¡Perfecto! —dijo Ámbar.

Luego, el hada voló hacia la mano de Raquel y se sentó junto a Reinita.

Ámbar acariciaba la cabecita negra y amarilla de Reinita.

—No te preocupes —le dijo—. Es mágico, así que no te dolerá.

Cristina observaba cómo Ámbar cosía el ala rasgada de la abeja. Las puntadas en el ala brillaban como pequeños puntos plateados.

—Mira, ¡están desapareciendo! —dijo Raquel.

—Sí —dijo Ámbar—. El ala estará curada del todo cuando los puntos desaparezcan.

Reinita zumbó suavemente, levantó la cabeza y sacudió las alas. Luego, voló por el aire. ¡Sus alas estaban como nuevas! Después, descendió y aterrizó cerca de

Ámbar. La abeja bajó la cabeza y acarició las manos del hada con sus antenas.

—Has sido tan buena amiga de Azafrán que deberías quedarte con nosotras —dijo Ámbar abrazando a la abeja.

—¡Sí! —dijo Rubí—. Por favor, quédate con nosotras, al menos hasta que regresemos al Reino de las Hadas.

Reinita voló hacia donde estaba Azafrán y le dijo algo zumbando en el oído.

—Dice que le encantaría —dijo Azafrán—. Hay una abeja reina en el jardín de la Srta. Alegre que no tiene colmena, así que ella podrá cuidar a sus abejas. Ven, Reinita, vamos a ver nuestro nuevo hogar.

—Nosotras también queremos ver —dijo Cristina.

Raquel se agachó al lado de Cristina. Las chicas observaban cómo las hadas y Reinita volaban hacia la olla.

Azafrán estaba encantada con los muebles en miniatura. Se sentó en un almohadón suave y musgoso.

—Es como nuestro hogar en el Reino de las Hadas —dijo poniéndose triste de repente—. ¿Qué pasará con el resto de nuestras hermanas? Ellas todavía están atrapadas en algún lugar de la isla.

—No se preocupen —dijo Cristina—. Nosotras las encontraremos.

—Sí, así lo haremos —dijo Raquel y dio un brinco al ver el reloj—. Es la hora del almuerzo. Tenemos que irnos, pero las veremos muy pronto.

Las hadas se voltearon hacia las chicas y se despidieron.

—¡Adiós! —Reinita zumbaba y se despedía moviendo una patita—. ¡Adiós!

Beltrán, la rana mayordomo, acompañó a las chicas más allá del sauce llorón.

—Rubí, Ámbar y Azafrán estarán a salvo conmigo —dijo—. Pero deben ser

precavidas cuando busquen a las otras
hadas. ¡Tengan cuidado con los duendes!

—Lo tendremos —prometió Raquel.

Cristina se volteó para ver la olla al final
del arco iris.

—Nada podrá detenernos. Encontraremos al resto de las hadas —dijo.

Rubí, Ambar y Azafrán están fuera
de peligro. Ahora, Raquel y Cristina
tienen que encontrar a

Hiedra, ¡el hada verde!

¿La encontrarán a tiempo?
Únete a las aventuras de Cristina y
Raquel en este adelanto del próximo
capítulo...

El jardín secreto

—¡Qué maravilla! —dijo deleitada Raquel Walker al mirar a su alrededor—. Es el lugar perfecto para hacer un picnic.

—Es un jardín secreto —dijo Cristina Tate con los ojos brillantes.

Las chicas se habían detenido en un jardín muy grande. Parecía abandonado desde hacía mucho tiempo.

Rosas blancas y rosadas crecían en los troncos de los árboles y llenaban el aire con su dulce aroma. El jardín estaba lleno de estatuas de mármol, la mitad de ellas cubiertas por una hiedra verde. Y justo en el medio, estaban las ruinas de una torre de piedra.

—Aquí hubo una vez un castillo llamado el Castillo Moonspinner —dijo el Sr. Walker mientras caminaba por detrás de la torre y revisaba su guía turística—. Pero lo único que queda ahora es la torre.

Raquel y Cristina observaban la torre. Sus piedras amarillas brillaban bajo la luz del sol, aunque también tenía partes cubiertas de musgo verde. Cerca de la parte superior de la torre había una ventanita cuadrada.

—Es como la torre de Rapunzel —dijo Cristina—. Me pregunto si podremos llegar allá arriba.

—Vamos a averiguar —dijo Raquel entusiasmada—. Quisiera explorar todo el jardín, ¿nos das permiso, mamá?

—Vayan. Tu papá y yo vamos a preparar la comida —dijo sonriente la Sra. Walker mientras abría una canasta—. Pero no se tarden mucho, chicas.

Raquel y Cristina corrieron apresuradas hacia la puerta que estaba a un lado de la torre.

No te pierdas el próximo libro de la serie

Hiedra, el hada verde
y entérate de lo que Raquel y Cristina
descubren en la torre.